Anableddau

Cwestiynau
a Theimladau
Ynghylch...

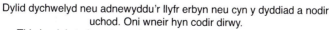
GRAFFEG

Cyhoeddwyd gyntaf yn Gymraeg yn 2021
gan Graffeg, adran o Graffeg Limited
24 Canolfan Busnes Parc y Strade,
Llanelli SA14 8YP
www.graffeg.com

Cyhoeddwyd gyntaf ym Mhrydain yn 2017
gan Franklin Watts
Rhan o The Watts Publishing Group
Carmelite House, 50 Victoria Embankment,
Llundain EC4Y 0DZ
Un o gwmnïau Hachette UK
www.hachette.co.uk
www.franklinwatts.co.uk

Golygydd: Melanie Palmer
Dylunydd: Lisa Peacock
Awdur: Louise Spilsbury
Ymgynghorydd: Barbara Band

ISBN 9781913733742

Anableddau

Mae galluoedd gwahanol gan bawb. Rydyn ni i gyd yn dda am wneud pethau gwahanol.

Mae rhai pobl yn hoffi canu a dawnsio.
Mae eraill yn hoffi pobi cacennau, gwneud
modelau neu ysgrifennu straeon!

Beth wyt ti'n dda am ei wneud?

Mae gan bawb ohonon ni bethau mae'n anodd i ni eu gwneud hefyd. Pan mae gan bobl anabledd, maen nhw'n gallu gwneud llawer o bethau, ond mae rhai pethau'n anodd iddyn nhw.

Beth sy'n anodd i ti?

Mae mathau gwahanol o anableddau.
Mae rhai plant yn cael eu geni ag anabledd.

Mae rhai plant yn cael eu geni â dim ond un fraich neu un goes. Anabledd corfforol yw'r enw ar hyn. Efallai y byddan nhw'n cael braich neu goes blastig.

Mae gan rai plant anabledd ar ôl bod yn sâl iawn neu ar ôl cael damwain wael. Gall anabledd fel hyn bara am gyfnod byr neu am byth.

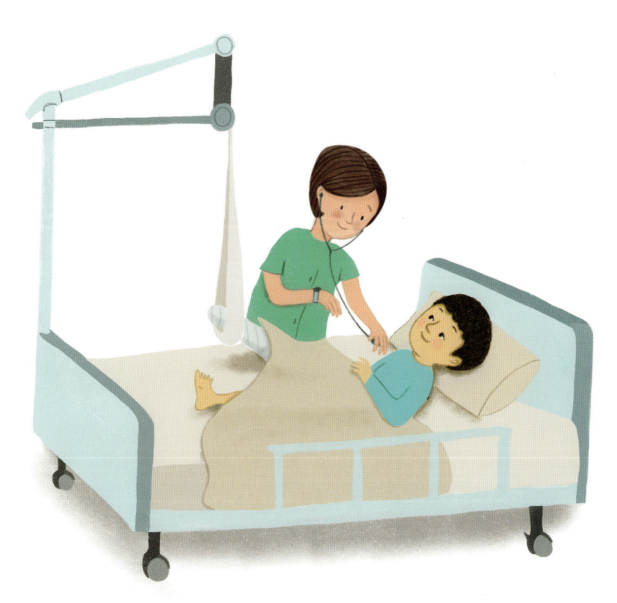

Os oes gen ti anabledd, mae'n bosib dy fod di'n defnyddio offer arbennig i wneud pethau'n haws i ti. Teclynnau neu beiriannau sy'n ein helpu ni yw offer arbennig.

Mae angen offer arbennig ar bawb i'w helpu gyda gwahanol dasgau.

Pa offer sy'n dy helpu di i wneud pethau?

Mae rhai pobl yn defnyddio'u coesau i'w helpu i symud
o le i le ond mae angen i eraill ddefnyddio cadair olwyn.

Rydyn ni i gyd yn symud o gwmpas yn ein ffordd ni'n hunain. Yr unig beth sy'n bwysig yw ein bod ni'n cyrraedd y man rydyn ni eisiau mynd iddo!

Mae gan rai pobl anabledd sy'n effeithio ar eu golwg ac maen nhw'n ddall neu'n methu gweld yn dda iawn. Gallan nhw ddefnyddio ffon wen i'w helpu i ffeindio'u ffordd o le i le.

Mae'r ffon hefyd yn dangos bod yr un sy'n ei defnyddio yn methu gweld yn dda.

Dydy rhai plant ddim yn clywed yn dda ac maen nhw'n gwisgo teclyn clyw yn eu clust. Mae hwn yn gwneud synau'n gryfach ac yn fwy clir.

Mae rhai pobl yn defnyddio iaith arwyddion ar gyfer geiriau yn hytrach na synau.

Wyt ti'n gyfarwydd ag iaith arwyddion?

Mae anableddau'n gallu effeithio ar sut mae pobl yn dysgu. Rydyn ni i gyd yn dysgu pethau mewn ffyrdd gwahanol ac ar gyflymder gwahanol.

Pa bynciau sy'n anodd
i ti yn yr ysgol?

I rai pobl, mae gwrando neu eistedd yn dawel yn anodd a dydyn nhw ddim yn gallu canolbwyntio am amser hir.

Ond maen nhw'n dda iawn am wneud pethau eraill, fel rhedeg yn gyflym neu ddefnyddio cyfrifiaduron.

Pan fydd ganddon ni ffrind sy'n wahanol i ni, mae'n bosib y byddwn ni eisiau gofyn cwestiynau am y gwahaniaethau rhyngon ni. Mae dysgu am ein gwahaniaethau'n ddiddorol.

Gallwn ni i gyd ddysgu llawer iawn oddi wrth ein gilydd.

Beth sy'n dy wneud di'n wahanol?

Trwy ddod i wybod beth mae pobl yn ei hoffi a beth maen nhw'n gallu ei wneud, does dim rhaid i ni ddyfalu. Pan fyddwn ni'n dyfalu, mae'n bosib y byddwn ni'n gwneud camgymeriadau. Os ydyn ni'n dyfalu bod rhai'n methu chwarae gêm pan maen nhw'n gallu gwneud mewn gwirionedd, gallen nhw deimlo'u bod wedi'u gadael allan.

Sut wyt ti'n teimlo os wyt ti'n cael dy adael allan o gêm?

Wrth ddod i adnabod pobl, rydyn ni'n gweld bod mwy o bethau'n gyffredin ganddon ni nag sy'n wahanol. Rydyn ni'n aml yn hoffi'r un bwydydd, ffilmiau, chwaraeon neu gemau!

Rydyn ni i gyd yn haeddu'r cyfle i ddysgu, chwarae a bod yn hapus gyda'n gilydd. Dylen ni fod yn falch o'n gwahaniaethau ac o'r pethau sydd ganddon ni'n gyffredin.

A dylen ni i gyd ganolbwyntio ar y pethau rydyn ni'n gallu eu gwneud, yn enwedig pan fyddwn ni'n gweithio gyda'n gilydd!

Nodiadau i rieni ac athrawon

Gall y llyfr hwn fod yn ganllaw defnyddiol i deuluoedd a gweithwyr proffesiynol wrth drafod agweddau gwahanol ar anableddau. Ei nod yw hwyluso cyfathrebu ac ysgogi trafodaeth er mwyn helpu plant i fynegi eu meddyliau a'u teimladau. Mae hefyd yn eu hannog i ddeall y byd o'u cwmpas yn ehangach.

Mae trafod ac ymdopi ag anabledd yn gallu bod yn llethol. O fewn teulu, mae popeth yn newid a fydd dim byd byth yr un fath eto. Gydag amser, mae pawb yn addasu i ffordd wahanol o fyw, ond dydy'r daith ddim yn un hawdd. Mae pawb yn ymdopi'n wahanol ac yn ymateb yn wahanol. Efallai y bydd plant yn teimlo'n llawer mwy hunanymwybodol. Mae'n bwysig bod gan bawb rywun i droi ato am sgwrs.

Dewiswch eich geiriau'n ofalus wrth drafod anableddau; gall termau camarweiniol ac ystrydebau gael eu chwalu fel hyn. Mae pawb yn wahanol, a dim ond un o'r gwahaniaethau hynny yw anabledd, ond nid yw anabledd yn diffinio pobl. Mae'n bwysig dysgu plant o oedran ifanc i dderbyn gwahaniaethau. Bydd annog plant ag anableddau i gymryd rhan a'u cynnwys mewn gweithgareddau yn helpu i bontio unrhyw wahaniaethau corfforol.

Gweithgareddau dosbarth neu grŵp:

1. Gallwch helpu plant sydd heb anabledd i ddeall sut deimlad yw bod ag anabledd drwy chwarae rôl, fel gorchuddio llygaid neu glustiau, defnyddio baglau neu gadair olwyn. Trafodwch pa dasgau oedd yn anoddach neu ar ba synhwyrau y bu'n rhaid i'r plant ddibynnu.

2. Trefnwch sesiwn ar iaith arwyddion neu ddarllen gwefusau. Bydd hyn yn gyfle da i ddatblygu sgiliau cyfathrebu.

3. Meddyliwch am offer a chyfarpar cyffredin sy'n ein helpu ni a sut mae modd eu haddasu ar gyfer pobl sydd ag anabledd. Soniwch am y mathau gwahanol o gyfarpar fel rampiau neu lifft ar gyfer cadair olwyn. Pa enghreifftiau eraill sy'n gyfarwydd i'r plant?

4. Trafodwch bobl enwog sydd wedi goresgyn anabledd neu wedi gwireddu eu breuddwyd. Yn eu plith mae Helen Keller, Beethoven, Stephen Hawking a Frieda Kahlo.

Rhagor o wybodaeth

Llyfrau

Don't Call Me Special : A First Look at Disability gan Pat Thomas a Lesley Harker (Wayland, 2010)

Seal Surfer gan Michael Foreman (Andersen Press, 2006)

Susan Laughs gan Jeanne Willis a Tony Ross (Andersen Press, 2011)

We're All Wonders gan R J Pallacio (Puffin, 2007)

Gwefannau

councilfordisabledchildren.org.uk

contact.org.uk (cymorth i deuluoedd â phlant anabl)

www.disabilitymatters.org.uk (adnoddau e-ddysgu am ddim)

www.scope.org.uk/support/families/diagnosis/links (rhestr o elusennau)

www.whizz-kidz.org.uk/cy (darparu cadeiriau olwyn a grwpiau ieuenctid)

Mae'r cyhoeddwyr wedi gwneud pob ymdrech i sicrhau bod y gwefannau a nodir yn y llyfr hwn yn addas i blant, eu bod o'r gwerth addysgol uchaf ac nad ydynt yn cynnwys unrhyw ddeunydd amhriodol na sarhaus. Fodd bynnag, oherwydd natur y Rhyngrwyd mae'n amhosibl gwarantu na fydd cynnwys y safleoedd hyn yn cael ei newid. Rydym yn cynghori'n daer fod oedolyn cyfrifol yn goruchwylio plant pan maen nhw'n defnyddio'r Rhyngrwyd.